_____ 님께

말씀으로 모든 것에서
넉넉히 이기기를 기도합니다.

_____ 드림

매일 성경 필사

2판 1쇄 발행 2020년 11월 5일

지은이 곽민선
발행인 조상현
편집인 김주연
마케팅 조정빈
디자인 Design IF
펴낸곳 더디퍼런스

등록번호 제 2018-000177 호
주소 경기도 고양시 덕양구 큰골길 33-170
문의 02-712-7927
팩스 02-6974-1237
이메일 thedibooks@naver.com
홈페이지 www.thedifference.co.kr

ISBN 979-11-6125-276-6

매일 성경 필사

손글씨 · 그림 곽민선

수채화와 손글씨로 전하는 삶에 힘이 되는 말씀 120

더 디퍼런스

너의 모든 일을 사랑으로 행하라

저에게 있어 《매일 성경 필사》는 조금 특별한 의미를 갖는 책입니다. 캘리그라퍼로서 그동안 작업할 때마다 잘 써야지, 멋있게 써야지, 남들보다 잘 쓰고 싶다는 생각만 했던 것을 깨닫게 되었습니다. 처음 캘리그라피를 시작할 때의 설레임과 기쁨은 사라지고, 단지 바쁘게 하루하루를 살며 당연하게 글씨를 써 온 건 아닌지 반성하는 시간이었습니다.

반면 《매일 성경 필사》의 그림과 손글씨를 쓰면서 매일매일 저에게 선물하는 느낌이 들어 행복했습니다. 평소 좋아하는 꽃 그림을 수채화로 그리면서 마음이 평안해지는 것을 느꼈고, 어렵게만 느껴졌던 성경 구절 하나하나가 마음에 깊이 새겨지면서 감동이 되었습니다.

사실 어렸을 때는 말씀을 암송하면 교회에서 선물을 준다고 해서 뜻도 모르고, 의미를 알려 하지도 않고 무작정 달달 외웠던 기억이 납니다. 성경 말씀을 한 번이라도 진지하게 묵상하고 마음에 새기며 써 본 것은 이번이 처음이었죠. 그러면서 제 삶의 변화를 줄 만큼 큰 울림을 주는 구절을 만났습니다.

'너의 모든 일을 사랑으로 행하라'(고린도전서 16장 14절)입니다. 이 책에 나온 120 구절 중에 특별히 이 말씀이 마음에 와닿은 이유는 그동안 멀리했던 하나님의 사랑, 가족의 사랑, 이웃의 사랑, 친구의 사랑, 내 일의 사랑 등을 다시 한 번 되돌아 볼 수 있었기 때문입니다. 또한 사랑이 삶에서 없어서는 안 될 가장 중요한 덕목이고, 매 순간 사랑을 담아 진실한 태도로 임하자는 다짐을 하게 하였습니다.

말씀의 힘은 정말 대단한 것 같습니다. 제가 성경 말씀을 읽고, 묵상하고 따라 쓰면 서 자연스럽게 치유의 힘을 느꼈듯, 더 많은 사람들이 이 책을 통해 치유받고 위로 받길 기도합니다. 어려운 환경에 처해서 고통을 겪고 있는 분들, 이별의 아픔으로 슬픔을 간직한 분들, 갑작스러운 사고나 질병으로 육신과 마음의 아픔이 있는 분들, 종교인이든 비종교인이든 이 책의 말씀을 통해 위로받고, 격려와 용기를 얻기를 바 랍니다.

마지막으로 하나님께서 저에게 멋진 그림과 글씨를 쓸 수 있는 달란트를 주시어, 이 책을 낼 수 있게 하심에 감사드리며, 앞으로도 제게 주신 달란트로 많은 사람들에게 선한 영향력을 끼칠 수 있기를 기대합니다. 하나님과 더 가까워지는 은혜로운 시간 을 허락해 주신 더디퍼런스 대표님과 관계자분들께도 감사 인사를 전합니다.

캘리그라퍼 곽민선

Contents

Part 1 매일 나의 주인 되시는 하나님

Part 4 매일 감사와 찬양드리며

Part 5 매일 믿음으로 서리라

Bible Calligraphy

Part.1

매일 나의
주인 되시는
하나님

태초에 하나님이 천지를 창조하시니라
_창세기 1장 1절

하나님이 자기 형상 곧 하나님의 형상대로 사람을 창조하시되 남자와 여자를 창조하시고

_창세기 1장 27절

너는 내게 부르짖으라
내가 네게 응답하겠고
네가 알지 못하는
크고 은밀한
일을 네게 보이리라

예레미야 33장 3절

너는 내게 부르짖으라 내가 네게 응답하겠고 네가 알지 못하는 크고 은밀한 일을 네게 보이리라
_예레미야 33장 3절

하나님이 이르시되
내가 반드시
너와 함께 있으리라
네가 그 백성을
애굽에서 인도하여 낸 후에
너희가 이 산에서
하나님을 섬기리니
이것이 내가 너를 보낸
증거니라

출애굽기 3장 12절

하나님이 이르시되 내가 반드시 너와 함께 있으리라 네가 그 백성을 애굽에서 인도하여 낸 후에
너희가 이 산에서 하나님을 섬기리니 이것이 내가 너를 보낸 증거니라

_출애굽기 3장 12절

전능하신 하나님이
네게 복을 주시어
네가 생육하고
번성하게 하여
네가 여러 족속을
이루게 하시고

창세기 28장 3절

전능하신 하나님이 네게 복을 주시어 네가 생육하고 번성하게 하여
네가 여러 족속을 이루게 하시고
_창세기 28장 3절

여호와는
나의 반석이시요
나의
요새시요
나를 건지시는 이시요
나의
하나님이시요
내가 그 안에 피할
나의 바위시요
나의 방패시요
나의
구원의 뿔이시요
나의 산성이시로다

시편 18편 2절

여호와는 나의 반석이시요 나의 요새시요 나를 건지시는 이시요 나의 하나님이시요
내가 그 안에 피할 나의 바위시요 나의 방패시요 나의 구원의 뿔이시요 나의 산성이시로다
_시편 18편 2절

_____

_____

_____

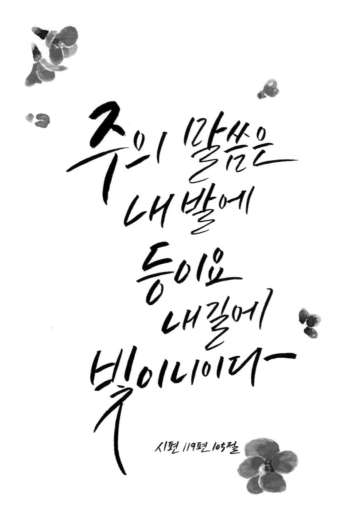

주의 말씀은 내 발에 등이요 내 길에 빛이니이다
_시편 119편 105절

두려워하지 말라
내가 너와 함께 함이라
놀라지 말라
나는 네 하나님이 됨이라
내가 너를 굳세게 하리라
참으로
너를 도와주리라
참으로 나의 의로운 오른손으로
너를 붙들리라

이사야 41장 10절

두려워하지 말라 내가 너와 함께 함이라 놀라지 말라 나는 네 하나님이 됨이라 내가 너를 굳세게 하리라
참으로 너를 도와 주리라 참으로 나의 의로운 오른손으로 너를 붙들리라
_이사야 41장 10절

하나님이
세상을 이처럼
사랑하사
독생자를 주셨으니
이는
그를 믿는 자마다
멸망하지 않고
영생을 얻게 하려
하심이라

요한복음 3장 16절

하나님이 세상을 이처럼 사랑하사 독생자를 주셨으니
이는 그를 믿는 자마다 멸망하지 않고 영생을 얻게 하려 하심이라
_요한복음 3장 16절

여호와의 말씀이니라
너희를 향한
나의 생각을 내가 아나니
평안이요
재앙이 아니니라
너희에게
미래와 희망을
주는 것이니라

예레미야 29장 11절

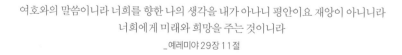

여호와의 말씀이니라 너희를 향한 나의 생각을 내가 아나니 평안이요 재앙이 아니니라
너희에게 미래와 희망을 주는 것이니라
_예레미야 29장 11절

여호와는
나의 목자시니
내게 부족함이
없으리로다-
그가-
나를 푸른 풀밭에
누이시며
쉴 만한 물가로
인도하시는도다-
시편 23편 1-2절

여호와는 나의 목자시니 내게 부족함이 없으리로다
그가 나를 푸른 풀밭에 누이시며 쉴 만한 물가로 인도하시는도다
_시편 23편 1-2절

우리가 알거니와
하나님을 사랑하는 자
곧 그의 뜻대로
부르심을 입은 자들에게는
모든 것이 합력하여
선을 이루느니라

로마서 8장 28절

우리가 알거니와 하나님을 사랑하는 자 곧 그의 뜻대로 부르심을 입은 자들에게는
모든 것이 합력하여 선을 이루느니라
_로마서 8장 28절

너희 염려를 다 주께 맡기라
이는 그가 너희를 돌보심이라

베드로전서 5장 7절

너희 염려를 다 주께 맡기라 이는 그가 너희를 돌보심이라
_베드로전서 5장 7절

주 앞에서
낮추라
그리하면
주께서
너희를
높이시리라

야고보서 4장 10절 ✾

주 앞에서 낮추라 그리하면 주께서 너희를 높이시리라

_야고보서 4장 10절

그러므로 하나님의 능하신 손 아래에서 겸손하라 때가 되면 너희를 높이시리라

_베드로전서 5장 6절

여호와는
선하시니
그의 인자하심이
영원하고
그의 성실하심이
대대에
이르리로다

시편 100편 5절

여호와는 선하시니 그의 인자하심이 영원하고 그의 성실하심이 대대에 이르리로다
_시편 100편 5절

우리가 그에게서 듣고
너희에게 전하는
소식은 이것이니
곧 하나님은 빛이시라
그에게는
어둠이 조금도
없으시다는 것이니라

요한1서 1장5절

우리가 그에게서 듣고 너희에게 전하는 소식은 이것이니 곧 하나님은 빛이시라
그에게는 어둠이 조금도 없으시다는 것이니라
_요한1서 1장 5절

_____

_____

_____

만일 우리가 우리 죄를 자백하면,
그는 미쁘시고 의로우사 우리 죄를 사하시며
우리를 모든 불의에서 깨끗하게 하실 것이요

요한1서 1장 9절

만일 우리가 우리 죄를 자백하면 그는 미쁘시고 의로우사 우리 죄를 사하시며
우리를 모든 불의에서 깨끗하게 하실 것이요
_요한1서 1장 9절

하나님의 나라는 먹는 것과 마시는 것이 아니요
오직 성령 안에 있는 의와 평강과 희락이라─

로마서 14장 17절

하나님의 나라는 먹는 것과 마시는 것이 아니요
오직 성령 안에 있는 의와 평강과 희락이라

_로마서 14장 17절

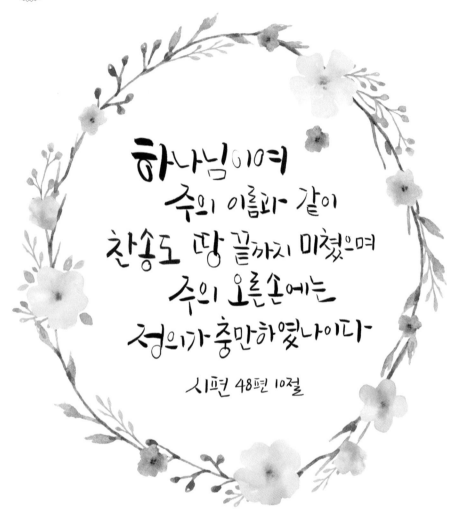

하나님이여 주의 이름과 같이 찬송도 땅 끝까지 미쳤으며
주의 오른손에는 정의가 충만하였나이다
_시편 48편 10절

여호와는
너를 지키시는 이시라—
여호와께서
네 오른쪽에서
네 그늘이 되시나니
낮의 해가—
너를 상하게 하지 아니하며
밤의 달도
너를 해치지
아니하리로다—

시편 121편 5~6절

여호와는 너를 지키시는 이시라 여호와께서 네 오른쪽에서 네 그늘이 되시나니
낮의 해가 너를 상하게 하지 아니하며 밤의 달도 너를 해치지 아니하리로다
_시편 121편 5-6절

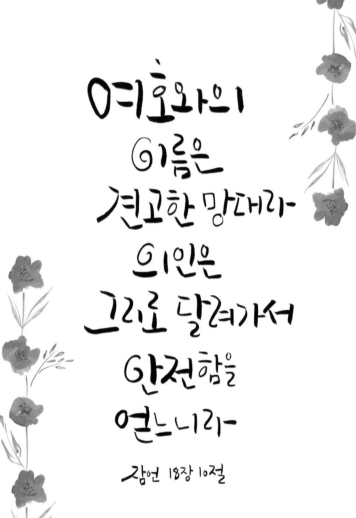

여호와의
이름은
견고한 망대라
의인은
그리로 달려가서
안전함을
얻느니라

잠언 18장 10절

여호와의 이름은 견고한 망대라 의인은 그리로 달려가서 안전함을 얻느니라
_잠언 18장 10절

태초에 말씀이
계시니라
이 말씀이
하나님과 함께 계셨으니
이 말씀은
곧 하나님이시니라

요한복음 1장1절

태초에 말씀이 계시니라 이 말씀이 하나님과 함께 계셨으니
이 말씀은 곧 하나님이시니라

_요한복음 1장 1절

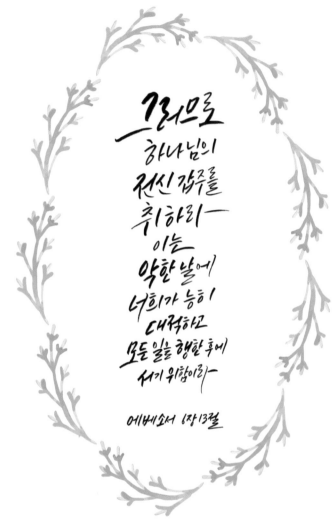

그러므로 하나님의 전신 갑주를 취하라
이는 악한 날에 너희가 능히 대적하고 모든 일을 행한 후에 서기 위함이라
_에베소서 6장 13절

_____

_____

_____

Bible Calligraphy

Part . 2

매일 예수를
생각하며

요한복음 11장 25절 • 이사야 53장 5절 • 마태복음 4장 4절 • 마태복음 4장 19절
요한복음 20장 21절 • 요한복음 14장 6절 • 요한복음 15장 9절 • 요한복음 15장 12절
로마서 8장 34절 • 에베소서 1장 7절 • 요한복음 16장 33절 • 마태복음 7장 7절
마태복음 11장 28절 • 고린도전서 15장 21-22절 • 누가복음 22장 42절
누가복음 22장 44절 • 마태복음 5장 3절 • 요한복음 12장 46절 • 마태복음 28장 20절
마태복음 6장 3-4절 • 요한계시록 3장 20절 • 에베소서 2장 10절 • 에베소서 2장 14절 • 마가복음 2장 5절

예수께서
이르시되
나는 부활이요
생명이니
나를 믿는 자는
죽어도
살겠고

요한복음 11장 25절

예수께서 이르시되 나는 부활이요 생명이니 나를 믿는 자는 죽어도 살겠고

_요한복음 11장 25절

그가 찔림은
우리의 허물 때문이요
그가 상함은
우리의 죄악 때문이라
그가 징계를 받으므로
우리는 평화를 누리고
그가 채찍에 맞으므로
우리는 나음을
받았도다

이사야 53장 5절

그가 찔림은 우리의 허물 때문이요 그가 상함은 우리의 죄악 때문이라 그가 징계를 받으므로
우리는 평화를 누리고 그가 채찍에 맞으므로 우리는 나음을 받았도다
_이사야 53장 5절

예수께서 대답하여 이르시되
기록되었으되
사람이 떡으로만 살 것이 아니요
하나님의 입으로부터 나오는
모든 말씀으로 살 것이라
하였느니라 하시니

마태복음 4장4절

예수께서 대답하여 이르시되 기록되었으되 사람이 떡으로만 살 것이 아니요
하나님의 입으로부터 나오는 모든 말씀으로 살 것이라 하였느니라 하시니
_마태복음 4장 4절

_____

_____

_____

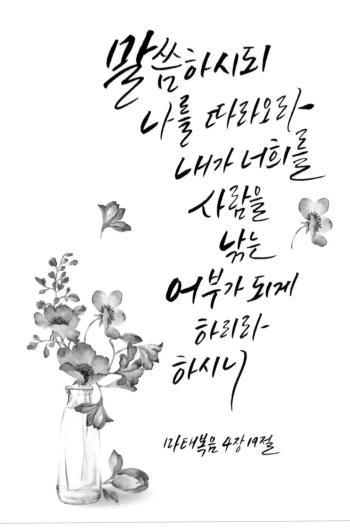

말씀하시되
나를 따라오라
내가 너희를
사람을
낚는
어부가 되게
하리라
하시니

마태복음 4장 19절

말씀하시되 나를 따라오라 내가 너희를 사람을 낚는 어부가 되게 하리라 하시니
_ 마태복음 4장 19절

예수께서
또
이르시되
너희에게
평강이
있을지어다 —
아버지께서
나를 보내신 것 같이
나도
너희를 보내노라 —

요한복음 20장 21절

예수께서 또 이르시되 너희에게 평강이 있을지어다
아버지께서 나를 보내신 것 같이 나도 너희를 보내노라
_요한복음 20장 21 절

예수께서
이르시되
내가 곧 길이요
진리요
생명이니
나로 말미암지
않고는
아버지께로
올 자가
없느니라

요한복음 14장 6절

예수께서 이르시되 내가 곧 길이요 진리요 생명이니
나로 말미암지 않고는 아버지께로 올 자가 없느니라
_요한복음 14장 6절

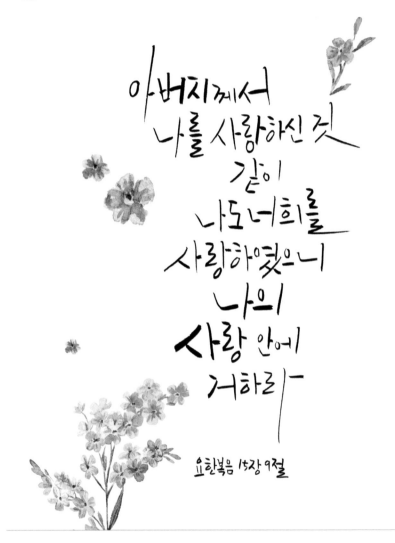

아버지께서
나를 사랑하신 것
같이
나도 너희를
사랑하였으니
나의
사랑 안에
거하리ー

요한복음 15장 9절

아버지께서 나를 사랑하신 것 같이 나도 너희를 사랑하였으니 나의 사랑 안에 거하라

_요한복음 15장 9절

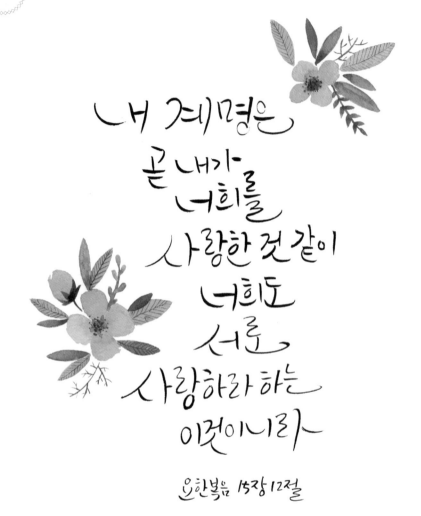

내 계명은 곧 내가 너희를 사랑한 것 같이 너희도 서로 사랑하라 하는 이것이니라

_요한복음 15장 12절

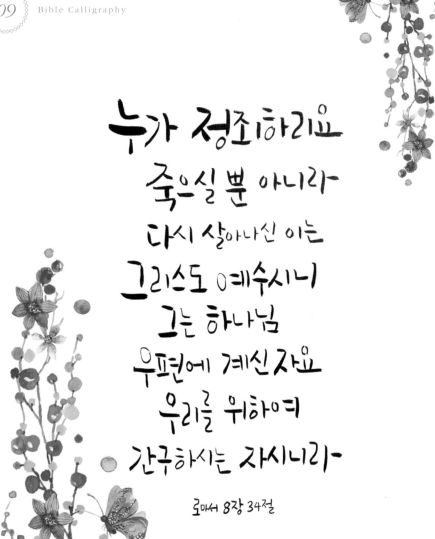

누가 정죄하리요
죽으실 뿐 아니라
다시 살아나신 이는
그리스도 예수시니
그는 하나님
우편에 계신 자요
우리를 위하여
간구하시는 자시니라

로마서 8장 34절

누가 정죄하리요 죽으실 뿐 아니라 다시 살아나신 이는 그리스도 예수시니
그는 하나님 우편에 계신 자요 우리를 위하여 간구하시는 자시니라
_로마서 8장 34절

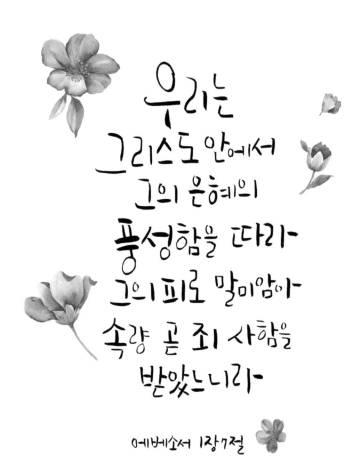

우리는
그리스도 안에서
그의 은혜의
풍성함을 따라
그의 피로 말미암아
속량 곧 죄 사함을
받았느니라

에베소서 1장 7절

우리는 그리스도 안에서 그의 은혜의 풍성함을 따라
그의 피로 말미암아 속량 곧 죄 사함을 받았느니라
_에베소서 1장 7절

이것을 너희에게
이르는 것은
너희로 내 안에서
평안을 누리게 하려
함이라-
세상에서는
너희가 환난을
당하나-
담대하라
내가 세상을 이기었노라-

요한복음 16장 33절

이것을 너희에게 이르는 것은 너희로 내 안에서 평안을 누리게 하려 함이라
세상에서는 너희가 환난을 당하나 담대하라 내가 세상을 이기었노라
_요한복음 16장 33절

구하라
그리하면
너희에게
주실 것이요
찾으라
그리하면
찾아낼 것이요
문을
두드리라
그리하면
너희에게
열릴 것이니

1마태복음 7장 7절

구하라 그리하면 너희에게 주실 것이요 찾으라 그리하면 찾아낼 것이요
문을 두드리라 그리하면 너희에게 열릴 것이니
_마태복음 7장 7절

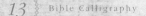

수고하고 무거운 짐 진 자들아
다 내게로 오라
내가 너희를 쉬게 하리라

마태복음 11장 28절

수고하고 무거운 짐 진 자들아 다 내게로 오라 내가 너희를 쉬게 하리라

_마태복음 11장 28절

사랑이 한 사람으로 말미암았으니
죽은 자의 부활도 한 사람으로 말미암는도다
아담 안에서 모든 사람이 죽을 것 같이
그리스도 안에서 모든 사람이 삶을 얻으리라

고린도전서 15장 21-22절

사망이 한 사람으로 말미암았으니 죽은 자의 부활도 한 사람으로 말미암는도다
아담 안에서 모든 사람이 죽은 것 같이 그리스도 안에서 모든 사람이 삶을 얻으리라
_고린도전서 15장 21-22절

이르시되 아버지여
만일 아버지의 뜻이거든
이 잔을 내게서 옮기시옵소서
그러나 내 원대로 마시옵고
아버지의 원대로 되기를
원하나이다 하시니

누가복음 22장 42절

이르시되 아버지여 만일 아버지의 뜻이거든 이 잔을 내게서 옮기시옵소서
그러나 내 원대로 마시옵고 아버지의 원대로 되기를 원하나이다 하시니
_누가복음 22장 42절

예수께서 힘쓰고 애써 더욱 간절히 기도하시니
땀이 땅에 떨어지는 핏방울 같이 되더라
_누가복음 22장 44절

_____

_____

_____

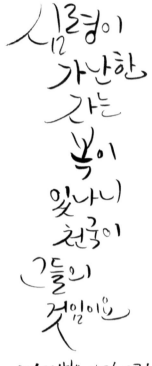

심령이 가난한 자는 복이 있나니 천국이 그들의 것임이요

_마태복음 5장 3절

나는 빛으로 세상에 왔나니
무릇 나를 믿는 자로
어둠에 거하지 않게 하려 함이로라

요한복음 12장 46절

나는 빛으로 세상에 왔나니 무릇 나를 믿는 자로 어둠에 거하지 않게 하려 함이로라

_요한복음 12장 46절

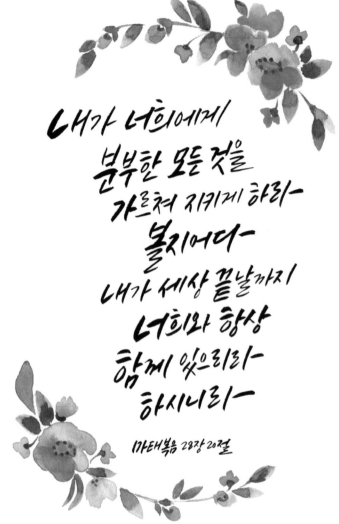

내가 너희에게
분부한 모든 것을
가르쳐 지키게 하라
볼지어다
내가 세상 끝날까지
너희와 항상
함께 있으리라
하시니라

마태복음 28장 20절

내가 너희에게 분부한 모든 것을 가르쳐 지키게 하라 볼지어다
내가 세상 끝날까지 너희와 항상 함께 있으리라 하시니라
_마태복음 28장 20절

너는 구제할 때에
오른손이 하는 것을
왼손이 모르게 하여
네 구제함을
은밀하게 하라
은밀한 중에 보시는
너의 아버지께서
갚으시리라

마태복음 6장 3-4절

너는 구제할 때에 오른손이 하는 것을 왼손이 모르게 하여 네 구제함을 은밀하게 하라
은밀한 중에 보시는 너의 아버지께서 갚으시리라
_마태복음 6장 3-4절

볼지어다
내가
문 밖에 서서
두드리노니
누구든지
내 음성을 듣고
문을 열면
내가 그에게로 들어가
그와 더불어 먹고
그는 나와
더불어
먹으리라

요한계시록 3장 20절

볼지어다 내가 문 밖에 서서 두드리노니 누구든지 내 음성을 듣고 문을 열면
내가 그에게로 들어가 그와 더불어 먹고 그는 나와 더불어 먹으리라
_요한계시록 3장 20절

우리는 그가 만드신 바라
그리스도 예수 안에서
선한 일을 위하여
지으심을 받은 자니
이 일은 하나님이 전에 예비하사
우리로 그 가운데서
행하게 하려 하심이니라

에베소서 2장 10절

우리는 그가 만드신 바라 그리스도 예수 안에서 선한 일을 위하여 지으심을 받은 자니
이 일은 하나님이 전에 예비하사 우리로 그 가운데서 행하게 하려 하심이니라
_에베소서 2장 10절

그는 우리의 화평이신지라
둘로 하나를 만드사 원수 된 것
곧 중간에 막힌 담을
자기 육체로 허시고

에베소서 2장 14절

그는 우리의 화평이신지라 둘로 하나를 만드사
원수 된 것 곧 중간에 막힌 담을 자기 육체로 허시고
_에베소서 2장 14절

예수께서 그들의 믿음을 보시고
중풍병자에게 이르시되
작은 자야 네 죄 사함을
받았느니라 하시니

마가복음 2장 5절

예수께서 그들의 믿음을 보시고 중풍병자에게 이르시되
작은 자야 네 죄 사함을 받았느니라 하시니
_ 마가복음 2장 5절

Bible Calligraphy

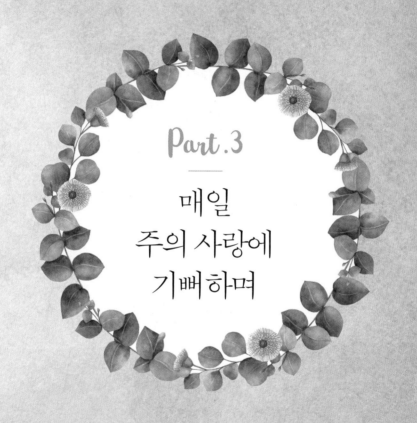

Part .3

매일
주의 사랑에
기뻐하며

요한복음 13장 34절 • 에베소서 4장 32절 • 요한 1서 4장 7-8절 • 요한 1서 4장 11절
로마서 13장 10절 • 요한복음 15장 9절 • 고린도전서 13장 4절 • 고린도전서 13장 7절
고린도전서 13장 13절 • 갈라디아서 5장 22-23절 • 고린도전서 16장 14절 • 잠언 8장 17절
시편 18편 1절 • 신명기 6장 5절 • 로마서 8장 39절 • 마태복음 5장 44절 • 아가 2장 10절
마태복음 22장 39절 • 누가복음 2장 52절 • 요한복음 14장 21절 • 베드로전서 4장 8절
에베소서 4장 2절 • 디모데전서 1장 14절 • 베드로후서 1장 5-7절

새 계명을
너희에게 주노니
서로 사랑하라
내가 너희를
사랑한 것 같이
너희도
서로
사랑하라

요한복음 13장 34절

새 계명을 너희에게 주노니 서로 사랑하라
내가 너희를 사랑한 것 같이 너희도 서로 사랑하라
_요한복음 13장 34절

서로
친절하게
하며
불쌍히
여기며
서로
용서하기를
하나님이
그리스도
안에서
너희를
용서하심과
같이하라

에베소서 4장32절

서로 친절하게 하며 불쌍히 여기며 서로 용서하기를
하나님이 그리스도 안에서 너희를 용서하심과 같이 하라
_ 에베소서 4장 32절

사랑하는 자들아
우리가 서로 사랑하자
사랑은 하나님께 속한 것이니
사랑하는 자마다
하나님으로부터 나서
하나님을 알고
사랑하지 아니하는 자는
하나님을 알지 못하나니
이는 하나님은 사랑이심이라

요한 1서 4장 7-8절

사랑하는 자들아 우리가 서로 사랑하자 사랑은 하나님께 속한 것이니 사랑하는 자마다 하나님으로부터
나서 하나님을 알고 사랑하지 아니하는 자는 하나님을 알지 못하나니 이는 하나님은 사랑이심이라
_요한 1서 4장 7-8절

사랑하는 자들아
하나님이
이같이 우리를 사랑하셨은즉
우리도 서로
사랑하는 것이
마땅하도다

요한 1서 4장 11절

사랑하는 자들아 하나님이 이같이 우리를 사랑하셨은즉
우리도 서로 사랑하는 것이 마땅하도다
_요한 1서 4장 11절

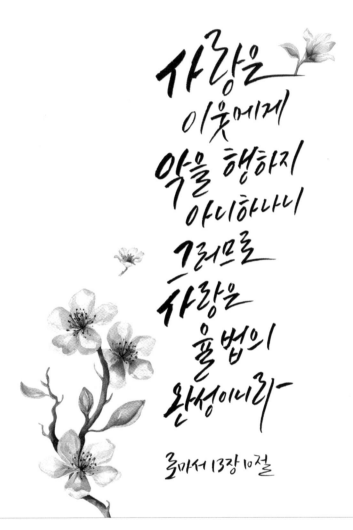

사랑은
이웃에게
악을 행하지
아니하나니
그러므로
사랑은
율법의
완성이니라

로마서 13장 10절

사랑은 이웃에게 악을 행하지 아니하나니 그러므로 사랑은 율법의 완성이니라

_로마서 13장 10절

아버지께서
나를
사랑하신 것
같이
나도 너희를
사랑하였으니
나의
사랑 안에
거하라

요한복음 15장 9절

아버지께서 나를 사랑하신 것 같이 나도 너희를 사랑하였으니 나의 사랑 안에 거하라
_요한복음 15장 9절

사랑은 오래 참고
사랑은 온유하며
시기하지 아니하며
사랑은 자랑하지 아니하며
교만하지 아니하며

고린도전서 13장 4절

사랑은 오래 참고 사랑은 온유하며 시기하지 아니하며
사랑은 자랑하지 아니하며 교만하지 아니하며
_고린도전서 13장 4절

모든 것을 참으며
모든 것을 믿으며
모든 것을 바라며
모든 것을 견디느니라

고린도전서 13장 7절

모든 것을 참으며 모든 것을 믿으며 모든 것을 바라며 모든 것을 견디느니라
_고린도전서 13장 7절

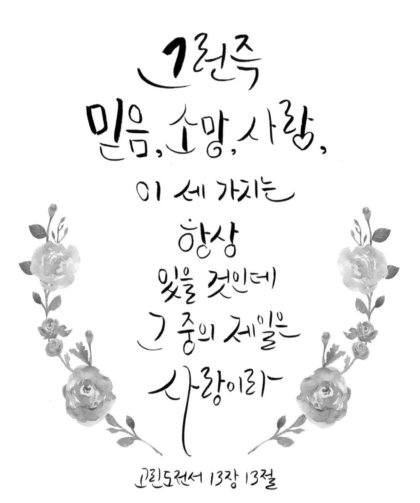

그런즉
믿음, 소망, 사랑,
이 세 가지는
항상
있을 것인데
그 중의 제일은
사랑이라

고린도전서 13장 13절

그런즉 믿음, 소망, 사랑, 이 세 가지는 항상 있을 것인데 그 중의 제일은 사랑이라
_고린도전서 13장 13절

오직 성령의 열매는
사랑과 희락과 화평과
오래 참음과 자비와
양선과 충성과 온유와 절제니
이같은 것을
금지할 법이 없느니라

갈라디아서 5장 22-23절

오직 성령의 열매는 사랑과 희락과 화평과 오래 참음과 자비와 양선과 충성과 온유와 절제니
이같은 것을 금지할 법이 없느니라
_갈라디아서 5장 22-23절

너희 모든 일을 사랑으로 행하라

_고린도전서 16장 14절

나를 사랑하는
자들이
나의사랑을
입으며
나를 간절히
찾는 자가
나를 만날
것이니라―

잠언 8장 17절

나를 사랑하는 자들이 나의 사랑을 입으며
나를 간절히 찾는 자가 나를 만날 것이니라
_잠언 8장 17절

나의 힘이신 여호와여 내가 주를 사랑하나이다
_시편 18편 1절

_____

_____

_____

너는 마음을 다하고 뜻을 다하고 힘을 다하여 네 하나님 여호와를 사랑하라

신명기 6장 5절

너는 마음을 다하고 뜻을 다하고 힘을 다하여 네 하나님 여호와를 사랑하라

_신명기 6장 5절

높음이나
깊음이나
다른 어떤
피조물이라도
우리를
우리 주 그리스도
예수 안에 있는
하나님의
사랑에서
끊을 수
없으리라

로마서 8장 39절

높음이나 깊음이나 다른 어떤 피조물이라도
우리를 우리 주 그리스도 예수 안에 있는 하나님의 사랑에서 끊을 수 없으리라

_로마서 8장 39절

나는 너희에게
이르노니
너희 원수를
사랑하며
너희를
박해하는 자를
위하여
기도하라

마태복음 5장 44절

나는 너희에게 이르노니 너희 원수를 사랑하며
너희를 박해하는 자를 위하여 기도하라
_마태복음 5장 44절

나의 사랑하는 자가
내게 말하여 이르기를
나의 사랑,
내 어여쁜 자야
일어나서
함께 가자

아가 2장 10절

나의 사랑하는 자가 내게 말하여 이르기를
나의 사랑, 내 어여쁜 자야 일어나서 함께 가자
_아가 2장 10절

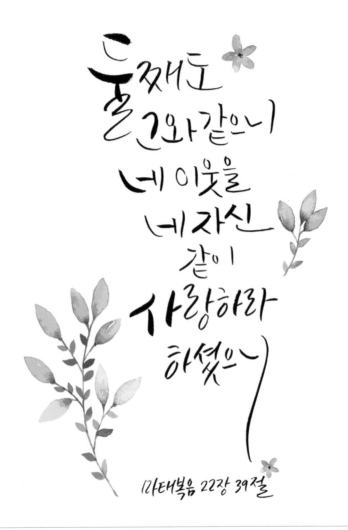

둘째도 그와 같으니 네 이웃을 네 자신 같이 사랑하라 하셨으니
마태복음 22장 39절

둘째도 그와 같으니 네 이웃을 네 자신 같이 사랑하라 하셨으니

_마태복음 22장 39절

예수는
지혜와 키가
자라가며
하나님과 사람에게
더욱
사랑스러워
가시더라

누가복음 2장 52절

예수는 지혜와 키가 자라가며 하나님과 사람에게 더욱 사랑스러워 가시더라
_누가복음 2장 52절

나의 계명을 지키는 자라야
나를 사랑하는 자니
나를 사랑하는 자는
내 아버지께
사랑을 받을 것이요
나도 그를 사랑하여
그에게 나를 나타내리라

요한복음 14장 21절

나의 계명을 지키는 자라야 나를 사랑하는 자니 나를 사랑하는 자는 내 아버지께 사랑을 받을 것이요
나도 그를 사랑하여 그에게 나를 나타내리라

_요한복음 14장 21절

무엇보다도 뜨겁게 서로 사랑할지니 사랑은 허다한 죄를 덮느니

베드로전서 4장 8절

무엇보다도 뜨겁게 서로 사랑할지니 사랑은 허다한 죄를 덮느니

_베드로전서 4장 8절

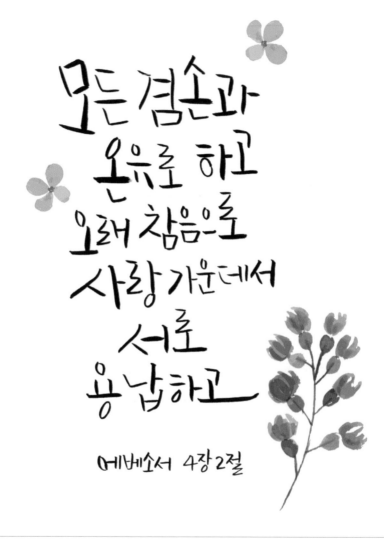

모든 겸손과
온유로 하고
오래 참음으로
사랑 가운데서
서로
용납하고

에베소서 4장 2절

모든 겸손과 온유로 하고 오래 참음으로 사랑 가운데서 서로 용납하고
_에베소서 4장 2절

우리 주의 은혜가
그리스도 예수 안에 있는
믿음과 사랑과 함께
넘치도록 풍성하였도다

디모데전서 1장 14절

우리 주의 은혜가 그리스도 예수 안에 있는 믿음과 사랑과 함께 넘치도록 풍성하였도다
_디모데전서 1장 14절

그러므로 너희가 더욱 힘써
너희 믿음에 덕을,
덕에 지식을, 지식에 절제를,
절제에 인내를, 인내에 경건을,
경건에 형제 우애를,
형제 우애에 사랑을 더하리-

베드로후서 1장 5-7절

그러므로 너희가 더욱 힘써 너희 믿음에 덕을, 덕에 지식을, 지식에 절제를, 절제에 인내를,
인내에 경건을, 경건에 형제 우애를, 형제 우애에 사랑을 더하라

_베드로후서 1장 5-7절

Bible Calligraphy

Part.4

매일 감사와
찬양드리며

데살로니가전서 5장 18절 • 시편 118편 1절 • 빌립보서 4장 6절 • 고린도전서 15장 57절

시편 100편 4절 • 시편 42편 11절 • 골로새서 3장 15절 • 골로새서 4장 2절 • 디모데전서 2장 1절

고린도전서 10장 31절 • 로마서 5장 3-4절 • 시편 126편 5절 • 다니엘 2장 20절 • 누가복음 2장 20절

시편 34편 1절 • 잠언 16장 9절 • 요한3서 1장 2절 • 잠언 3장 5-6절 • 예레미야애가 3장 23절

마태복음 5장 16절 • 야고보서 1장 5절 • 시편 1편 1-2절 • 갈라디아서 6장 9절 • 시편 27편 4절

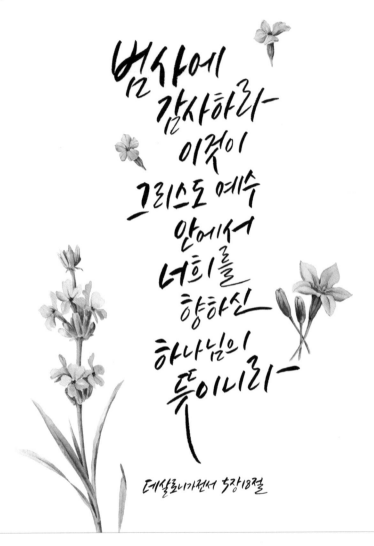

범사에
감사하라
이것이
그리스도 예수
안에서
너희를
향하신
하나님의
뜻이니라

데살로니가전서 5장18절

범사에 감사하라 이것이 그리스도 예수 안에서 너희를 향하신 하나님의 뜻이니라

_데살로니가전서 5장 18절

여호와께 감사하라
그는 선하시며
그의 인자하심이
영원함이로다

시편 118편 1절

여호와께 감사하라 그는 선하시며 그의 인자하심이 영원함이로다

_시편 118편 1절

아무 것도
염려하지 말고
다만 모든 일에
기도와 간구로,
너희 구할 것을
감사함으로
하나님께
아뢰리

빌립보서 4장 6절

아무 것도 염려하지 말고 다만 모든 일에 기도와 간구로,
너희 구할 것을 감사함으로 하나님께 아뢰라
_빌립보서 4장 6절

우리 주 예수 그리스도로 말미암아
우리에게 승리를 주시는 하나님께 감사하노니

고린도전서 15장 57절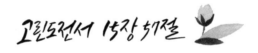

우리 주 예수 그리스도로 말미암아 우리에게 승리를 주시는 하나님께 감사하노니
_고린도전서 15장 57절

168

감사함으로
그의 문에 들어가며
찬송함으로
그의 궁정에
들어가서
그에게 감사하며
그의 이름을
송축할지어다

시편 100편 4절

감사함으로 그의 문에 들어가며 찬송함으로 그의 궁정에 들어가서
그에게 감사하며 그의 이름을 송축할지어다
_시편 100편 4절

내영혼아
네가 어찌하여
낙심하며

어찌하여
내 속에서

불안해 하는가
너는 하나님께

소망을 두라
나는 그가 나타나
도우심으로 말미암아

내 하나님을
여전히

찬송하리로다

시편 42편 11절

내 영혼아 네가 어찌하여 낙심하며 어찌하여 내 속에서 불안해 하는가 너는 하나님께 소망을 두라
나는 그가 나타나 도우심으로 말미암아 내 하나님을 여전히 찬송하리로다

_시편 42편 11절

그리스도의 평강이
너희 마음을 주장하게 하라-
너희는 평강을 위하여
한 몸으로 부르심을 받았나니
너희는 또한 감사하는 자가 되라-

골로새서 3장 15절

그리스도의 평강이 너희 마음을 주장하게 하라 너희는 평강을 위하여 한 몸으로 부르심을 받았나니
너희는 또한 감사하는 자가 되라
_골로새서 3장 15절

174

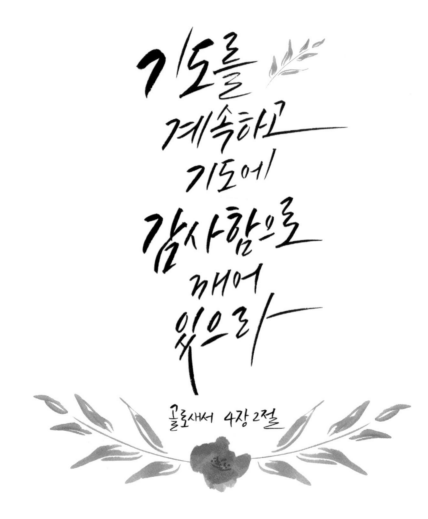

기도를 계속하고 기도에 감사함으로 깨어 있으라
_골로새서 4장 2절

그러므로
내가
첫째로 권하노니
모든
사람을 위하여
간구와 기도와 도고와
감사를 하되

디모데전서 2장 1절

그러므로 내가 첫째로 권하노니 모든 사람을 위하여
간구와 기도와 도고와 감사를 하되
_디모데전서 2장 1절

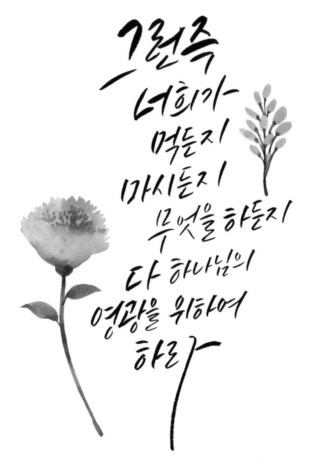

그런즉
너희가
먹든지
마시든지
무엇을 하든지
다 하나님의
영광을 위하여
하라

고린도전서 10장 31절

그런즉 너희가 먹든지 마시든지 무엇을 하든지 다 하나님의 영광을 위하여 하라
_고린도전서 10장 31절

다만 이뿐 아니라
우리가 환난 중에도
즐거워하나니
이는 환난은 인내를,
인내는 연단을,
연단은 소망을 이루는 줄
앎이로다

로마서 5장 3-4절

다만 이뿐 아니라 우리가 환난 중에도 즐거워하나니
이는 환난은 인내를, 인내는 연단을, 연단은 소망을 이루는 줄 앎이로다
_로마서 5장 3-4절

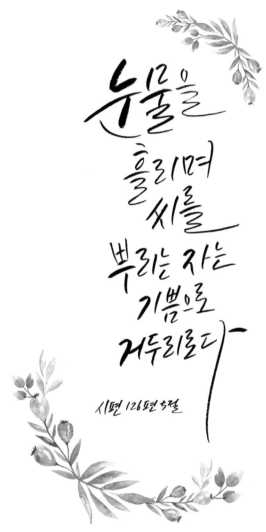

눈물을 흘리며 씨를 뿌리는 자는 기쁨으로 거두리로다

_시편 126편 5절

_____

_____

_____

다니엘이
말하여 이르되
영원부터
영원까지
하나님의
이름을
찬송할 것은
지혜와 능력이
그에게
있음이로다

다니엘 2장 20절

다니엘이 말하여 이르되 영원부터 영원까지 하나님의 이름을 찬송할 것은
지혜와 능력이 그에게 있음이로다
_다니엘 2장 20절

목자들은 자기들에게
이르던 바와 같이
듣고 본 그 모든 것으로 인하여
하나님께 영광을 돌리고
찬양하며 돌아가니라

누가복음 2장 20절

목자들은 자기들에게 이르던 바와 같이 듣고 본 그 모든 것으로 인하여
하나님께 영광을 돌리고 찬송하며 돌아가니라
_누가복음 2장 20절

내가
여호와를
항상
송축함이여
내 입술로
항상
주를 찬양하리이다

시편 34편 1절

내가 여호와를 항상 송축함이여 내 입술로 항상 주를 찬양하리이다

_시편 34편 1절

사람이 마음으로 자기의 길을 계획할지라도 그의 걸음을 인도하시는 이는 여호와시니라

_잠언 16장 9절

사랑하는 자여
네 영혼이
잘됨 같이
네가 범사에
잘되고
강건하기를
내가
간구하노라

요한3서 1장 2절

사랑하는 자여 네 영혼이 잘됨 같이 네가 범사에 잘되고 강건하기를 내가 간구하노라
_요한3서 1장 2절

너는 마음을 다하여
여호와를 신뢰하고
네 명철을
의지하지 말라
너는 범사에
그를 인정하라
그리하면
네 길을
지도하시리라

잠언 3장 5-6절

너는 마음을 다하여 여호와를 신뢰하고 네 명철을 의지하지 말라
너는 범사에 그를 인정하라 그리하면 네 길을 지도하시리라
_잠언 3장 5-6절

이것들이
아침마다
새로우니
주의
성실하심이
크시도소이다

으ㅔ레미야애가 3장 23절

이것들이 아침마다 새로우니 주의 성실하심이 크시도소이다
_예레미야애가 3장 23절

이같이
너희빛이
사람 앞에
비치게하여
그들로
너희
착한 행실을
보고
하늘에 계신
너희
아버지께
영광을
돌리게하라

마태복음 5장 16절

이같이 너희 빛이 사람 앞에 비치게 하여 그들로 너희 착한 행실을 보고
하늘에 계신 너희 아버지께 영광을 돌리게 하라
_마태복음 5장 16절

너희 중에 누구든지
지혜가 부족하거든
모든 사람에게 후히 주시고
꾸짖지 아니하시는
하나님께 구하라
그리하면 주시리

야고보서 1장 5절

너희 중에 누구든지 지혜가 부족하거든 모든 사람에게 후히 주시고
꾸짖지 아니하시는 하나님께 구하라 그리하면 주시리
_야고보서 1장 5절

복 있는사람은
악인들의 꾀를 따르지
아니하며
죄인들의 길에
서지 아니하며
오만한 자들의
자리에 앉지 아니하고
오직 여호와의
율법을 즐거워하여
그의 율법을 주야로
묵상하는도다

시편 1편 1-2절

복 있는 사람은 악인들의 꾀를 따르지 아니하며 죄인들의 길에 서지 아니하며
오만한 자들의 자리에 앉지 아니하고 오직 여호와의 율법을 즐거워하여 그의 율법을 주야로 묵상하는도다
_시편 1편 1-2절

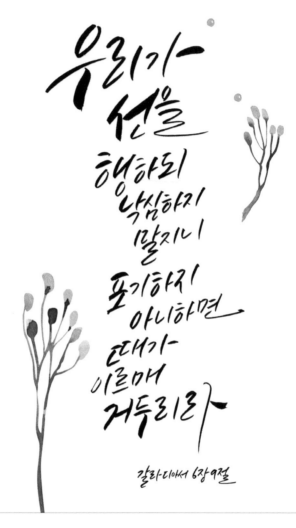

우리가 선을 행하되 낙심하지 말지니 포기하지 아니하면 때가 이르매 거두리라
_갈라디아서 6장 9절

내가 여호와께 바라는 한 가지 일
그것을 구하리니
곧 내가 내 평생에
여호와의 집에 살면서
여호와의 아름다움을 바라보며
그의 성전에서 사모하는 그것이라

시편 27편 4절

내가 여호와께 바라는 한 가지 일 그것을 구하리니 곧 내가 내 평생에 여호와의 집에 살면서
여호와의 아름다움을 바라보며 그의 성전에서 사모하는 그것이라

_시편 27편 4절

Bible Calligraphy

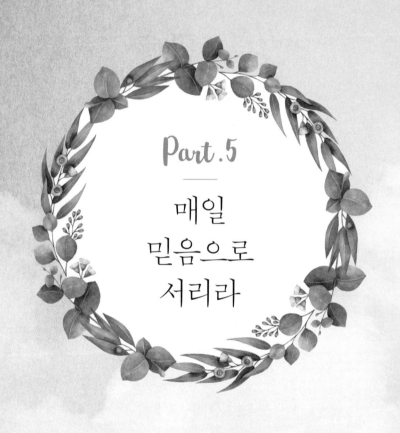

Part. 5

매일
믿음으로
서리라

히브리서 11장 6절 • 여호수아 1장 9절 • 마가복음 16장 15절 • 디모데전서 6장 11-12절

마가복음 9장 23절 • 사도행전 1장 8절 • 로마서 10장 10절 • 야고보서 1장 2-3절

고린도후서 5장 17절 • 요한1서 5장 4절 • 요한1서 2장 17절 • 이사야 40장 31절

히브리서 12장 2절 • 욥기 23장 10절 • 히브리서 11장 1절 • 마태복음 21장 22절

로마서 14장 8절 • 로마서 12장 2절 • 로마서 8장 18절 • 빌립보서 1장 21절

빌립보서 4장 7절 • 에베소서 5장 18절 • 마태복음 6장 34절 • 요한복음 14장 1절

믿음이 없이는
하나님을 기쁘시게
하지 못하나니
하나님께 나아가는 자는
반드시
그가 계신 것과
또한 그가 자기를
찾는 자들에게
상 주시는 이심을
믿어야 할지니라

히브리서 11장 6절

믿음이 없이는 하나님을 기쁘시게 하지 못하나니 하나님께 나아가는 자는 반드시 그가 계신 것과
또한 그가 자기를 찾는 자들에게 상 주시는 이심을 믿어야 할지니라
_히브리서 11장 6절

내가 네게
명령한 것이
아니냐
강하고 담대하라

두려워하지
말며

놀라지 말라

네가 어디로 가든지
네 하나님
여호와가
너와 함께
하느니라
하시니라

여호수아 1장 9절

내가 네게 명령한 것이 아니냐 강하고 담대하라 두려워하지 말며 놀라지 말라
네가 어디로 가든지 네 하나님 여호와가 너와 함께 하느니라 하시니라
_여호수아 1장 9절

또 이르시되 너희는 온 천하에 다니며 만민에게 복음을 전파하라
_마가복음 16장 15절

오직 너 하나님의
사람아
이것들을 피하고
의와 경건과 믿음과
사랑과 인내와 온유를
따르며
믿음의 선한
싸움을 싸우라
영생을 취하라
이를 위하여
네가 부르심을 받았고
많은 증인 앞에서
선한 증언을 하였도다

디모데전서 6장 11~12절

오직 너 하나님의 사람아 이것들을 피하고 의와 경건과 믿음과 사랑과 인내와 온유를 따르며 믿음의 선한
싸움을 싸우라 영생을 취하라 이를 위하여 네가 부르심을 받았고 많은 증인 앞에서 선한 증언을 하였도다
_디모데전서 6장 11-12절

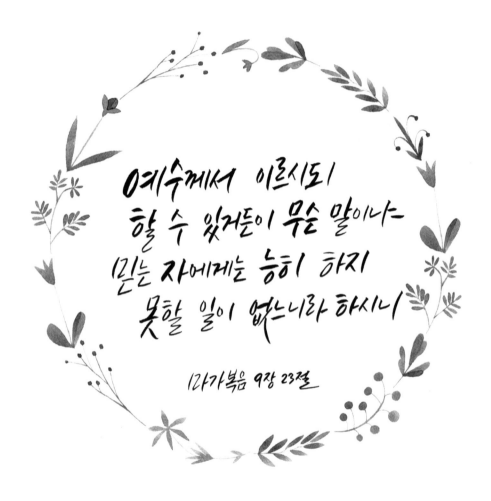

예수께서 이르시되 할 수 있거든이 무슨 말이냐
믿는 자에게는 능히 하지 못할 일이 없느니라 하시니
_마가복음 9장 23절

오직 성령이
너희에게
임하시면
너희가
권능을 받고
예루살렘과
온 유대와
사마리아와
땅 끝까지 이르러
내 증인이
되리라
하시니라

사도행전 1장 8절

오직 성령이 너희에게 임하시면 너희가 권능을 받고
예루살렘과 온 유대와 사마리아와 땅 끝까지 이르러 내 증인이 되리라 하시니라

_사도행전 1장 8절

사람이
마음으로
믿어
의에 이르고
입으로
시인하여
구원에
이르느니라

로마서 10장10절

사람이 마음으로 믿어 의에 이르고 입으로 시인 하여 구원에 이르느니라

_로마서 10장 10절

내 형제들아
너희가
여러 가지 시험을
당하거든
온전히 기쁘게
여기라
이는 너희 믿음의 시련이
인내를 만들어 내는 줄
너희가 앎이라

야고보서 1장 2-3절

내 형제들아 너희가 여러 가지 시험을 당하거든 온전히 기쁘게 여기라
이는 너희 믿음의 시련이 인내를 만들어 내는 줄 너희가 앎이라
_야고보서 1장 2-3절

그런즉
누구든지
그리스도
안에 잇으면
새로운 피조물이라
이전 것은
지나갔으니
보라
새 것이
되엇도다

고린도후서 5장 17절

그런즉 누구든지 그리스도 안에 있으면 새로운 피조물이라
이전 것은 지나갔으니 보라 새 것이 되었도다
_고린도후서 5장 17절

무릇
하나님께로부터
난 자마다
세상을
이기느니라
세상을
이기는 승리는
이것이니
우리의 믿음이니라

요한1서 5장 4절

무릇 하나님께로부터 난 자마다 세상을 이기느니라
세상을 이기는 승리는 이것이니 우리의 믿음이니라
_요한1서 5장 4절

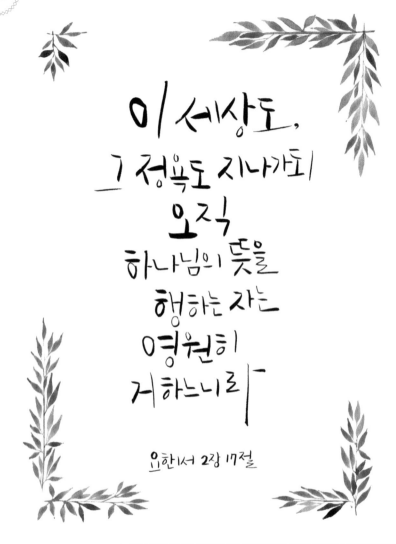

이 세상도,
그 정욕도 지나가되
오직
하나님의 뜻을
행하는 자는
영원히
거하느니라

요한1서 2장 17절

이 세상도, 그 정욕도 지나가되 오직 하나님의 뜻을 행하는 자는 영원히 거하느니라

_요한1서 2장 17절

오직 여호와를
앙망하는 자는
새 힘을 얻으리니
독수리가 날개치며
올라감 같을 것이요
달음박질하여도
곤비하지 아니하겠고
걸어가도 피곤하지
아니하리로다

이사야 40장 31절

오직 여호와를 앙망하는 자는 새 힘을 얻으리니 독수리가 날개치며 올라감 같을 것이요
달음박질하여도 곤비하지 아니하겠고 걸어가도 피곤하지 아니하리로다
_이사야 40장 31절

믿음의 주요
또 온전하게
하시는 이인
예수를 바라보자
그는 그 앞에 있는
기쁨을 위하여
십자가를 참으사
부끄러움을
개의치 아니하시더니
하나님 보좌
우편에 앉으셨느니라

히브리서 12장 2절

믿음의 주요 또 온전하게 하시는 이인 예수를 바라보자 그는 그 앞에 있는 기쁨을 위하여
십자가를 참으사 부끄러움을 개의치 아니하시더니 하나님 보좌 우편에 앉으셨느니라
_히브리서 12장 2절

그러나
내가 가는 길을
그가 아시나니
그가 나를
단련하신 후에는
내가 순금 같이 되어
나오리라

욥기 23장 10절

그러나 내가 가는 길을 그가 아시나니
그가 나를 단련하신 후에는 내가 순금 같이 되어 나오리라
_욥기 23장 10절

믿음은 바라는 것들의 실상이요
보이지 않는 것들의 증거니

히브리서 11장 1절

믿음은 바라는 것들의 실상이요 보이지 않는 것들의 증거니
_히브리서 11장 1절

_____

_____

_____

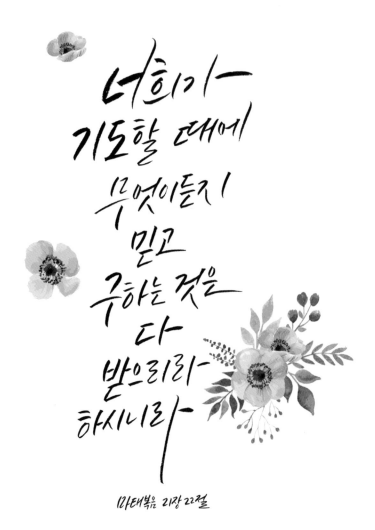

너희가 기도할 때에 무엇이든지 믿고 구하는 것은 다 받으리라 하시니라

_마태복음 21장 22절

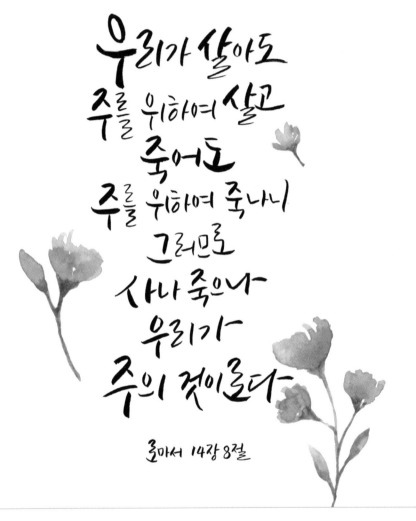

우리가 살아도
주를 위하여 살고
죽어도
주를 위하여 죽나니
그러므로
사나 죽으나
우리가
주의 것이로다

로마서 14장 8절

우리가 살아도 주를 위하여 살고 죽어도 주를 위하여 죽나니
그러므로 사나 죽으나 우리가 주의 것이로다
_로마서 14장 8절

너희는 이 세대를
본받지 말고
오직 마음을
새롭게 함으로
변화를 받아
하나님의 선하시고
기뻐하시고 온전하신
뜻이 무엇인지
분별하도록 하라

로마서 12장 2절

너희는 이 세대를 본받지 말고 오직 마음을 새롭게 함으로 변화를 받아
하나님의 선하시고 기뻐하시고 온전하신 뜻이 무엇인지 분별하도록 하라
_로마서 12장 2절

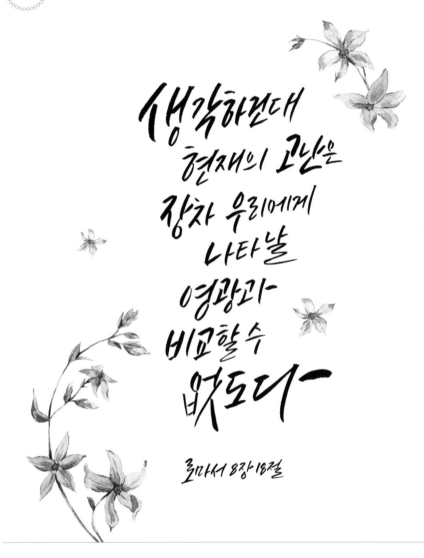

생각하건대 현재의 고난은 장차 우리에게 나타날 영광과 비교할 수 없도다

_로마서 8장 18절

이는 내게 사는 것이
그리스도니 죽는 것도 유익함이라

빌립보서 1장 21절

이는 내게 사는 것이 그리스도니 죽는 것도 유익함이라

_빌립보서 1장 21절

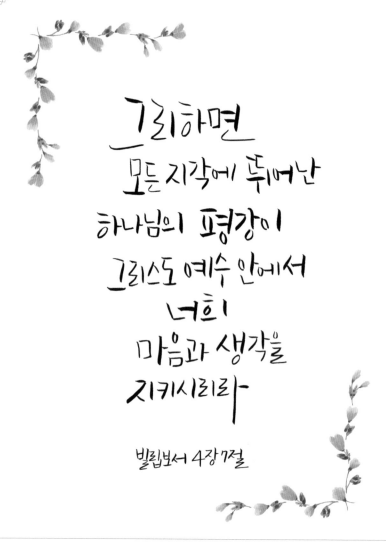

그리하면
모든 지각에 뛰어난
하나님의 평강이
그리스도 예수 안에서
너희
마음과 생각을
지키시리라

빌립보서 4장 7절

그리하면 모든 지각에 뛰어난 하나님의 평강이 그리스도 예수 안에서
너희 마음과 생각을 지키시리라
_빌립보서 4장 7절

술 취하지 말라 이는 방탕한 것이니 오직 성령으로 충만함을 받으라

_에베소서 5장 18절

그러므로
내일 일을 위하여
염려하지 말라
내일 일은
내일이 염려할 것이요
한 날의 괴로움은
그 날로
족하니라

마태복음 6장 34절

그러므로 내일 일을 위하여 염려하지 말라 내일 일은 내일이 염려할 것이요
한 날의 괴로움은 그 날로 족하니라
_마태복음 6장 34절

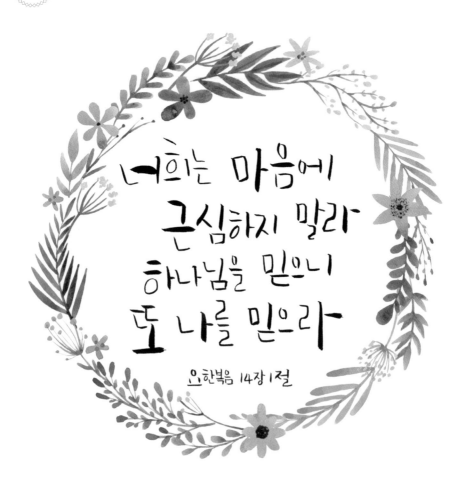

너희는 마음에 근심하지 말라 하나님을 믿으니 또 나를 믿으라

_요한복음 14장 1절